LES JOYEUSES

HISTOIRES

DE NOS PÈRES

IX

Paris. — Soc. d'Imp. Paul Dupont (Cl.)

LES JOYEUSES
HISTOIRES
DE NOS PÈRES

Mieux est de ris que de larmes écrire,
Parce que rire est le propre de l'homme.
RABELAIS.

IX

LES MALHEURS D'UN VIEUX MARI
LES NOCES DE CHRISTINE — LE MARI MÉDECIN
LE CURÉ FESSÉ, ETC.

PARIS
CHEZ TOUS LES LIBRAIRES

I

LES MALHEURS D'UN VIEUX MARI

Il y avait à Pise un magistrat plus spirituel que propre aux jeux de l'amour. Il s'appelait Ricciardo di Chinzica.

Se figurant sans doute que l'on suffisait aux exigences de la femme par les mêmes moyens que l'on suffit aux exigences de l'étude, il apporta un soin extrême à choisir une épouse jeune et belle, ce qui lui fut facile, attendu qu'il était très riche. C'était là une idée folle, et il l'aurait écartée, s'il avait pu voir aussi clair dans ses affaires que dans celles des autres.

Messire Lotto Gualandi lui accorda la main d'une de ses filles, nommée Bartoloméa, une des plus charmantes de Pise, et aussi une des plus enviables de cette ville, où, en général, les femmes ressemblent à des lézards gris. Le magistrat la conduisit chez lui en grande pompe, se maria somptueusement, et se risqua, la première nuit des noces, à user une fois au moins de ses droits conjugaux. Peu s'en fallut qu'il ne pût mener à bien son projet.

Aussi, le lendemain matin, cet homme maigre, anguleux, anémique, dut-il se réconforter avec du vin de premier choix, des confitures et autres aliments. En outre, il reconnut, après l'expérience, que ses forces étaient très limitées, et, pour que sa femme ne trouvât point extraordinaire l'abstinence qu'il se promit désormais d'observer, il eut recours à un stratagème par trop enfantin.

Il donna à sa femme un calendrier qui

portait pour chaque jour de l'année les noms de plusieurs saints, et il lui dit que, par respect pour ces bienheureux, les conjoints devaient s'abstenir de l'œuvre de chair, tout aussi bien que pour les jours de jeûne et de vigile. Cet enseignement faisait tristement soupirer l'épousée, qui ne voyait ses désirs imparfaitement satisfaits qu'une fois par mois, et qui était trop bien surveillée pour qu'un autre pût lui donner un enseignement contraire.

Par un jour d'été, messire Ricciardo résolut d'aller visiter une de ses propriétés, près de Monte Vero, et d'y demeurer quelques jours avec madame pour y respirer l'air pur de la campagne. Il chercha à lui procurer quelques divertissements, et, un jour, il lui proposa une partie de pêche. Il monta sur une petite barque avec ses amis, tandis que madame était sur une autre avec ses amies. Ils se laissèrent aller au gré du courant et des vagues, s'écartant de plus en plus du rivage.

Survint tout à coup une galère appartenant au célèbre corsaire Paganino di Mare, et qui cingla vers les barques. Les rameurs eurent beau ramer de toutes leurs forces, la galère rejoignit la barque des dames. Paganino, apercevant la femme du magistrat, ne s'occupa plus de rien : il la fit saisir et transporter sur la galère, sous les yeux de messire Ricciardo, puis il continua sa route.

Ricciardo, jaloux comme un tigre, poussa des cris de désespoir. Il se plaignit à Pise et aux environs de la cruauté des corsaires, mais personne ne put lui apprendre où était sa femme et qui la lui avait enlevée. Quant à Paganino, il se réjouissait de l'aventure, car il n'avait jamais rencontré beauté pareille. Comme il n'avait pas de femme, il prit le parti de conserver celle que le ciel lui envoyait. Il essuya les pleurs de la dame, la consola, lui prodigua ses caresses, et bientôt Bartoloméa, oubliant le magistrat et sa jurisprudence, fit le meilleur ménage du monde avec Paganino, qui n'avait aucun respect pour les saints et n'avait aucune raison de faire abstinence en leur honneur. Il considéra de plus en plus Bartoloméa pour sa femme et la traita comme telle.

Messire Ricciardo apprit un jour que sa femme était à Monaco avec le corsaire. Il se sentit possédé d'un vif désir de la revoir, et, sans rien dire à personne, il résolut de la racheter, à quelque prix que ce fût. Il s'embarqua, arriva à Monaco, et avertit sa femme de ses intentions; la belle s'empressa d'en avertir à son tour Paganino.

Le lendemain matin, messire Ricciardo rencontra Paganino, l'aborda et lui prodigua immédiatement des témoignages d'amitié. Le corsaire savait fort bien où Ricciardo en voulait venir, mais il fit semblant de ne point le comprendre. Ce que voyant, le magistrat se décida à exposer tout doucettement la raison de son voyage.

— Demandez-moi ce que vous voudrez, dit-il, mais rendez-moi la dame.

— Messire, répondit Paganino, soyez le bienvenu. Il est vrai que j'ai avec moi une jeune dame, et comme je ne la connais pas plus que vous, je ne sais si elle est ou non votre femme. Si vous êtes réellement son mari, je vais vous mener auprès d'elle, et vous vous ferez reconnaître. Si elle veut partir avec vous, elle sera libre, et vous fixerez vous-même sa rançon. Mais, si vous voulez m'induire en erreur, vous commettez un acte blâmable en cherchant à me priver de ma compagne. Je suis jeune, j'ai tout comme un autre le droit d'avoir une femme, et surtout celle-ci, qui est la plus agréable qu'on puisse voir.

Messire Ricciardo dit alors :

— Certes, elle est ma femme, et si tu me mènes près d'elle tu en auras la preuve ; elle se jettera de suite à mon cou. J'accepte donc ta proposition.

— Allons donc, dit Paganino.

Ils arrivèrent au logis du corsaire. Celui-ci fit venir la dame, qui descendit de sa chambre habillée et pomponnée, et qui, faisant de Ricciardo comme d'un étranger, ne lui adressa pas la parole.

Le juge fut bien coi, lui qui comptait être reçu à bras ouverts et joyeusement. Il se dit à lui-même :

— C'est sans doute la tristesse et le chagrin que j'ai ressentis de sa perte qui ont altéré mon visage. Elle ne me remet pas.

Il lui dit donc :

— Femme, je paye cher le plaisir de t'avoir emmenée à la pêche. J'ai bien souffert de t'avoir perdue ; mais toi, tu as l'air de ne pas me remettre, si j'en juge par ton méchant accueil. Ne reconnais-tu pas ton messire Ricciardo, qui est venu en ce lieu pour payer ta rançon à ce gentilhomme, lequel te rendra à moi en échange d'argent ?

La dame, se retournant, lui dit avec un léger sourire :

— Messire, est-ce à moi que vous parlez ? Me prenez-vous point pour une autre ? Sans doute que oui, car je ne me rappelle point vous avoir jamais vu.

Messire Ricciardo dit :

— Prends bien garde à ce que tu dis. Regarde-moi bien. Cherche dans tes souvenirs, et tu verras que je suis ton Ricciardo di Chinzica.

La dame dit :

— Messire, pardonnez-moi de vous regarder avec tant d'insistance, ce qui est peu convenable ; mais plus je vous regarde, plus je suis convaincue de ne vous avoir jamais vu.

Messire Ricciardo se dit :

— Elle parle ainsi parce qu'elle redoute Paganino et qu'elle ne veut pas avouer devant lui qu'elle me reconnait.

Il pria donc Paganino de le laisser un moment seul avec la dame.

— Comme vous voudrez, dit le corsaire, mais à la condition que vous ne l'embrasserez point contre sa volonté.

Et il pria la dame d'aller avec le vieux

dans une chambre voisine, de l'entendre et de répondre selon son désir.

La dame et messire Ricciardo se retirèrent donc seuls dans une chambre. Dès qu'ils furent assis :

— Eh! cœur de mon corps, ma douce âme, mon espoir, ne reconnais-tu pas maintenant ton Ricciardo, qui t'aime plus que lui-même? Suis-je donc si changé? Eh! mon bel œil, regarde-moi donc un peu.

La dame éclata de rire et, l'arrêtant là :

— Vous pensez bien, dit-elle, que j'ai assez de mémoire pour reconnaître mon mari. Mais, pendant tout le temps que nous avons été ensemble, vous n'avez pas su, vous, bien me reconnaître. Autrement, vous auriez dû être assez sensé pour deviner que j'étais jeune, fraîche, gaillarde, et pour savoir ce qu'il faut aux jeunes femmes, en plus des vêtements et de la nourriture, bien que la pudeur les empêche de l'avouer. Du moment où l'étude des lois vous convenait plus que votre femme, il ne fallait pas la prendre. Si vous aviez fait prendre aux laboureurs qui labourent vos terres autant de repos que vous en preniez vous-même dans le champ de l'amour, soyez persuadé que jamais vous n'auriez récolté le plus petit grain de blé. Dieu, qui a eu pitié de ma jeunesse, a mis sur mon chemin celui avec qui je vis en cette maison, où l'on travaille jour et nuit, et où l'on bat la laine. Donc, je veux rester avec lui et travailler tant que je suis jeune. Je réserve les fêtes, pénitences et jeûnes pour ma vieillesse. Allez-vous-en donc le plus tôt possible, et reposez-vous sans moi tant qu'il vous plaira.

A ces mots, messire Ricciardo ressentit une douleur insupportable. Dès qu'elle eut cessé de parler :

— Eh! ma douce âme, dit-il, que me dis-tu là? Que fais-tu de l'honneur de tes parents et du tien? Veux-tu rester encore ici à te prostituer à cet homme et en état de péché mortel, au lieu qu'à Pise, tu es ma femme? Quand cet homme sera las de toi, il te chassera honteusement; moi, au contraire, je te chérirai toujours, et toujours tu seras dame en ma maison. Pour satisfaire un appétit inavouable et peu honorable, tu abandonnes ton honneur et ton mari, qui t'aime plus que la vie. Eh! mon cher espoir! change de langage. Consens à me suivre, et à partir d'aujourd'hui, puisque je connais ton désir, je tâcherai de *te* satisfaire; donc, ô mon doux bien, change d'avis, et viens avec moi, car je suis malheureux comme pierre depuis que tu m'as été ravie.

La dame répondit :

— En ce qui concerne mon honneur, il est trop tard pour y songer, et je ne reconnais à personne de se montrer sur ce point plus chatouilleux que moi. Mes parents s'en sont-ils souciés, de mon honneur, en me donnant à vous? Je n'ai donc point aujourd'hui à me soucier du leur, puisqu'ils se sont si peu souciés du mien. Ne vous mettez donc pas plus que moi en peine de mes péchés.

« Ici, je crois être la femme de Paganino, au lieu qu'à Pise, il me semblait que j'étais votre concubine. Ici, Paganino me tient toute la nuit en ses bras, et m'étreint, et me mord. Vous dites que vous tâcherez? Et de quoi faire? Vous ne le sauriez mie, depuis le temps! Allez, allez.

« Bien plus vous dirai-je : quand celui-ci me laissera — et il ne le fera pas tant qu'il me plaira de rester avec lui — je ne reviendrai point avec vous; car vous êtes tant étique et malingre qu'en vous comprimant tout entier, on n'obtiendrait pas une écuelle de sauce. Je chercherai pitance ailleurs. Sur ce, je vous le dis une fois de plus : Ici, il n'y a ni jeûne ni vigile, ce qui fait que j'y veux rester. Allez-vous-en donc à la garde de Dieu, et le plus tôt que vous pourrez, sinon je croirai que vous voulez me violenter ».

Messire Ricciardo vit son affaire en mauvaise voie.

C'est alors qu'il reconnut sa folie d'avoir

choisi une toute jeune femme, tandis qu'il était lui-même épuisé!

Il sortit de la chambre l'air dolent, la mine allongée, et il fatigua de ses longueurs Paganino, qui ne l'écoutait pas. Il n'obtint absolument rien, et, laissant là sa dame, il revint à Pise, où sa douleur le rendit presque fou. Il allait par les rues, répondant uniquement à ceux qui lui parlaient :

— La mauvaise ne veut pas de fête ni de vigile.

Il mourut bientôt après.

A cette nouvelle, Paganino, sûr de l'amour de la veuve, en fit sa femme légitime. Sans tenir compte des fêtes, des vigiles ni du carême, ils travaillèrent tant que les jambes les purent soutenir et se donnèrent du bon temps.

Vous voyez quelle est la sottise de ceux qui, se croyant plus forts que la nature, se figurent qu'ils peuvent, par des démonstrations fabuleuses, suppléer à ce qui leur manque, et s'efforcent d'amener les autres au point où ils en sont eux-mêmes, alors que la nature s'y oppose.

BOCCACE.

II

LA VENGEANCE DU MARÉCHAL

Un maréchal, demeurant en un village qui était un lieu de passage, avait une femme passablement belle, au moins au gré d'un prêtre qui demeurait tout auprès de lui, appelé messire Jehan, lequel fit tant qu'il accorda ses flûtes avec cette jeune femme, et s'entendait tellement avec elle que, quand le maréchal s'était levé pour forger ses fers (ce que le prêtre connaissait bien, quand il entendait battre à deux, car c'était signe que le maréchal y était avec le valet), messire Jehan ne faillait point à entrer par un huys de derrière, dont elle lui avait baillé la clef, et se venait mettre au lit à la place du maréchal, qu'il trouvait toute chaude, là où il forgeait de son côté sur une enclume; mais on ne l'oyoit pas de si loin faires sa besogne, et, quand il avait fait, il se retirait gentiment par l'huys où il était entré.

Mais ils ne surent pas faire leur cas si secrètement, que le maréchal ne s'en aperçût, au moins qu'il n'en eût une véhémente présomption, ayant ouï ouvrir et fermer cet huys. Tant qu'il s'en prit un jour à sa femme, et la menaça, et la pressa tant et avec une colère telle qu'ont volontiers ces gens de feu, qu'elle lui demanda pardon et lui confessa le cas, et lui dit comme messire Jehan se venait coucher auprès d'elle, quand il oyait battre à deux.

Le maréchal ayant ouï ces nouvelles, après que sa femme lui eût bien crié merci, ce lui fut forcé de demeurer là ; mais prenez que ce fut pas sans lui donner coups de la bonne manière.

De là à quelques jours, le maréchal trouva le prêtre, auquel il dit :

— Messire Jehan, vous venez voir ma femme, quand vous avez le loisir ?

Le prêtre le nia fort et ferme, lui disant qu'il ne lui voudrait pas faire ce tour-là et qu'il aimerait mieux être mort.

— Vous êtes mon compère, disait le prêtre.

— Eh bien ! dit le maréchal, je m'en rapporte à vous ; chevauchez-la à votre aise, mais gardez-vous bien de me chevaucher : car, s'il vous advient, gare à vous.

* * *

Le prêtre, connaissant que ce maréchal était un mauvais fol, se tint dès lors sur ses gardes et ne voulut plus venir à la forge ; mais le maréchal dit à sa femme :

— Savez-vous ce qu'il faut que vous fassiez? Mais gardez-vous bien de faire la borgne ni la boiteuse, car vous savez bien que votre marché n'en serait pas meilleur. Refaites connaissance à messire Jehan, et l'entretenez de paroles, et puis, un matin, je vous dirai ce qu'aurez à faire.

Elle fut fort contente de lui permettre tout ce qu'il voulut, de peur de la male aventure. Et faut entendre qu'elle savait bien battre et de bonne mesure, car elle avait appris à battre avec le valet, pour faire la besogne quand le maréchal n'y était pas.

Adonc, elle se mit à faire bon semblant à messire Jehan, ainsi que son mari l'avait instruite, lui donnant à entendre que le maréchal n'y pensait point, et que ce n'était qu'une opinion qui lui avait passé par l'entendement; et elle l'en assura par de belles paroles, lui disant :

— Venez, venez demain au matin, à l'heure accoutumée, quand vous entendrez qu'ils battront à deux.

Messire Jean la crut, le pauvre homme!

Quand le matin fut venu, le maréchal dit à sa femme en la présence du valet :

— Levez-vous, et allez battre en ma place, car je me trouve un peu mal.

Ce qu'elle fit, et se mit à la forge avec ce valet.

Incontinent que messire Jehan entendit battre à deux, il ne fut pas endormi ; il se leva avec sa grosse robe de nuit, et entre par l'huys accoutumé et vient se coucher auprès de ce maréchal, pensant être auprès de sa femme. Comme il y avait longtemps qu'il n'avait pris le déduit, il était lors tout prêt à bien faire, et ne fut pas sitôt au lit que, de plein saut, il ne se ruât sur ce maréchal, lequel commença à le serrer à deux belles mains, en disant :

— Eh! vertudieu! messire Jehan, qui vous a ici fait venir?

« Je vous avais tant dit que vous ne me chevauchissiez point, et que j'étais mauvaise bête, et n'en avez rien voulu croire! »

Le prêtre se voulait défaire; mais le maréchal vous le tenait à deux bons bras, et se prit à crier à son valet, qui était en bas : lequel monta incontinent et apporta du feu ; et Dieu sait comment monsieur le prêtre fut étrillé à beaux nerfs de bœuf, que le maréchal tenait tout prêts et expressément pour battre à deux sur le dos de messire Jehan, jusqu'à fatigue du maître et du valet. Et cependant, il n'osait pas crier au secours, car le maréchal le menaçait de le mettre en la fournaise, pour ce qu'il aimait mieux endurer les coups que le feu.

Encore en fut-il quitte à bon marché auprès de celui qui eut les deux testicules enfermés en coffre et le feu allumé au derrière, tellement qu'il fut contraint de se les couper lui-même avec le rasoir qui lui avait été baillé en la main !

Bonaventure Despériers.

III

LES NOCES DE CHRISTINE

A la fin du mois de janvier 17.., me trouvant dans la nécessité de me procurer deux cents sequins, madame Manzonni, mon amie, me fit prêter par une autre dame un brillant qui en valait cinq cents. Je me déterminai à me rendre à Trévise, à quinze milles de Venise, pour le mettre au mont-de-piété, qui prête à 5 o/o. Ce bel et utile établissement manque à Venise, où les Juifs ont toujours trouvé moyen de l'empêcher.

Je me lève de bonne heure, et je vais à pied jusqu'au bout du *Canal royal* avec l'intention de prendre une gondole pour Mestre, où j'aurais trouvé une voiture qui m'aurait mis en moins de deux heures à Trévise, d'où je serais reparti le même jour après que j'aurais eu mis mon brillant en gage, et j'aurais couché à Venise.

En passant sur le quai Saint-Job, je vois dans une gondole à deux rames une villageoise très richement coiffée. M'étant arrêté pour la considérer, le barcarol de proue s'imagine que je veux profiter de l'occasion pour aller à Mestre à meilleur marché et dit au barcarol de poupe de revenir au rivage. Je n'hésite pas un instant en voyant le joli minois de la villageoise, je monte et je lui paie double pour qu'il ne prît plus personne. Un vieux prêtre occupait la première place auprès de la fille, il se lève pour me la céder, mais je l'oblige poliment à la reprendre.

En embarquant, je donne encore quarante sous aux bateliers, et les voilà contents, car ils me remercient en me donnant de l'Excellence. Le bon abbé, prenant cela pour de l'argent comptant, me demanda pardon de ne m'avoir pas donné ce titre.

— N'étant pas gentilhomme vénitien, mon révérend, ce titre ne m'est pas dû.

— Ah! dit la jeune fille, j'en suis bien aise.

— Et pourquoi, mademoiselle?

— Parce que, quand je vois un gentilhomme près de moi, j'ai peur.

— Je suis tout simplement clerc d'avocat.

— J'en suis encore plus aise, car j'aime à me trouver en compagnie de personnes qui ne se croient pas plus que moi. Mon père était fermier, frère de mon oncle que vous voyez ici, curé de Procida, où je suis née et où j'ai été élevée. La différence n'est pas si grande, ce me semble, entre un clerc de procureur et la fille d'un riche fermier. Je dis cela par manière d'acquit, car je sais bien qu'en voyage on se trouve avec tout le monde; n'est-ce pas, mon oncle?

— Oui, ma chère Christine; et, pour

preuve, tu vois bien que monsieur s'est mis avec nous sans savoir qui nous étions.

— Mais croyez-vous, monsieur le curé, que je fusse venu si je n'avais été attiré par la beauté de votre jolie nièce ?

A ces mots, voilà mes bonnes gens qui éclatent de rire. Pour moi, ne trouvant pas ce que j'avais dit bien comique, je jugeai mes compagnons de voyage un peu sots, et je ne fus nullement fâché de la découverte.

— Pourquoi riez vous tant, ma belle demoiselle ? Est-ce pour me faire voir vos belles dents ? J'avoue que je n'en ai jamais vu de si belles à Venise.

— Oh ! point du tout, monsieur, bien qu'à Venise tout le monde m'ait fait ce compliment. Je vous assure qu'à Procida toutes les filles ont les dents aussi belles que moi. N'est-ce pas, mon cher oncle ?

— Oui, ma nièce.

— Je riais, monsieur, d'une chose que je ne vous dirai jamais.

— Ah ! dites-la moi, je vous en prie.

—Oh! pour ça, non, jamais.

— Je vous la dirai moi-même, me dit le curé.

— Je ne veux pas, dit-elle en fronçant ses beaux sourcils, ou je m'en vais.

— Je t'en défie, ma chère, dit le curé. Savez-vous, monsieur, ce qu'elle a dit lorsqu'elle vous a aperçu sur le quai? « Voilà un beau garçon qui me regarde et qui est bien fâché de n'être pas avec nous. » Et quand elle vous a vu faire arrêter la gondole, elle s'en est fort applaudie.

Pendant que le curé racontait, la nièce outrée lui donnait des coups sur l'épaule.

— Pourquoi, belle Christine, êtes-vous fâchée que j'apprenne que je vous ai plu, tandis que je suis enchanté que vous sachiez que je vous trouve charmante?

— Vous en êtes enchanté pour un moment! Oh! je connais bien à présent les Vénitiens. Ils m'ont tous dit que je les enchantais, et aucun de ceux que j'aurais voulu ne s'est déclaré.

— Quelle déclaration vouliez-vous ?

— La déclaration qui me convient, monsieur : celle d'un bon mariage à l'église en présence de témoins.

— Mais croyez-vous donc, lui dis-je, qu'un mariage se fasse comme une omelette ? Moi, je veux me marier, et je cherche l'objet depuis trois ans, mais je le cherche encore en vain. J'ai connu plusieurs filles presque aussi jolies que vous, et toutes avec une bonne dot ; mais, après leur avoir parlé deux ou trois mois, j'ai vu qu'elles ne feraient pas mon bonheur. L'une avait une vanité excessive ; l'autre était stérile ; une autre trop dévote ; une quatrième, pédante ; une autre, que je quittai bien vite, avait toujours peur de se trouver seule avec moi, et, quand je lui donnais un baiser, elle courait le dire à sa mère.

— Elle était bien bête. Je n'ai pas encore écouté un amoureux à Procida, car il n'y a que des paysans incivils ; mais je sais bien qu'il y a certaines choses que je n'irais pas conter à ma mère.

— Une autre avait l'haleine forte; une autre se fardait, et presque toutes les filles ont ce vilain défaut. Aussi je crois bien que je ne me marierai jamais, car je veux, par exemple, que celle que j'épouserai ait les yeux noirs; et aujourd'hui presque toutes les filles ont appris le secret de se les teindre; mais je n'y serai pas attrapé, car je m'y connais.

— Sont-ils noirs, les miens?

— Ah! ah! ah!

— Vous riez?

— Je ris parce qu'ils paraissent noirs; mais ils ne le sont pas. Malgré cela, vous êtes fort aimable. Mais ils sont trop beaux pour que je les croie naturels.

— Par Dieu! c'est trop fort.

— Excusez, ma belle demoiselle; je vois que j'ai été trop sincère.

⁂

Le silence succéda à cette dispute. Le curé souriait de temps en temps; mais la fille avait peine à dévorer son chagrin.

Je la lorgnais à la dérobée, et je voyais ses larmes prêtes à couler; cela me faisait de la peine, car elle était ravissante. Coiffée en riche paysanne, elle avait sur la tête pour plus de cent sequins d'épingles et de flèches d'or qui retenaient les tresses de sa longue chevelure d'ébène. De longs pendants d'oreilles massifs et une chaîne d'or, qui faisait vingt fois le tour de son cou d'albâtre, donnaient à sa figure de lis et de rose un éclat enchanteur. C'était la première beauté villageoise que j'eusse rencontrée dans cet appareil.

Comme elle continuait à bouder :

— Voilà, dis-je sans la regarder, comment on récompense d'ordinaire la sincérité.

— Ce n'est pas sincérité, monsieur, dit-elle brusquement, c'est pure méchanceté. Il n'y aura plus pour vous dans tout le monde des yeux noirs ; mais, puisque vous les aimez, j'en suis bien aise.

— Vous vous trompez, belle Christine, car j'ai un moyen de savoir la vérité.

— Et quel est ce moyen?

— C'est de les laver avec de l'eau de rose un peu tiède; et même si, sans cela, la demoiselle pleure, toute la couleur artificielle s'en va.

A ces mots, la scène change comme par magie. La figure de cette belle fille, qui n'exprimait qu'indignation, dépit et dédain, prend un air de sérénité et de satisfaction qui la rend vraiment séduisante. Elle adressa un sourire au curé, qui fut enchanté du changement.

— Pleure donc, ma nièce, et monsieur rendra justice à tes yeux.

Christine pleura effectivement, mais ce fut à force de rire.

J'étais au comble de la joie de voir ce genre d'originalité naturelle, et, en montant les degrés pour atteindre au rivage, je lui fis une réparation, de sorte qu'elle accepta ma voiture pour aller à Trévise. Je fis servir un déjeuner et j'ordonnai à un voiturier d'atteler une belle chaise pendant que nous déjeunerions ; mais le curé dit qu'avant tout, il voulait aller dire la messe.

— Fort bien, lui dis-je, nous irons l'entendre, et dites les prières à mon intention.

Il s'achemine vers l'église, et j'offre mon bras à la nièce qui, ne sachant si elle doit l'accepter ou le refuser, me dit :

— Croyez-vous donc que je ne puisse pas marcher seule ?

— Ce n'est pas ça, mais, si je ne vous donne pas le bras, on dira que je suis impoli.

— Et maintenant que je vous le donne, que dira-t-on ?

— On dira peut-être que nous nous aimons et peut-être même que nous nous convenons fort bien.

— Et si l'on va dire à votre maîtresse que nous nous aimons ou bien simplement que vous donniez le bras à une autre fille ?

— Je n'ai point de maîtresse, et je ne veux plus en avoir, car je ne trouverais pas à Venise une fille aussi belle que vous.

— J'en suis fâchée pour vous, car nous ne

retournerons plus à Venise ; et, quand même, comment faire pour y rester six mois ? C'est, m'avez vous dit, le temps qu'il vous faut pour connaître une fille.

— Je payerais volontiers la dépense.

— Oui-da ? Dites-le donc à mon oncle, et il y passera ; car je ne puis y aller seule.

— Et en six mois vous me connaîtriez aussi.

— Oh ! pour moi, je vous connais bien déjà.

— Vous vous accommoderiez donc de ma personne ?

— Pourquoi non ?

— Et vous m'aimeriez ?

— Oui, beaucoup, quand vous seriez mon mari.

*
* *

Je regardai cette jeune fille avec étonnement. Elle me semblait une princesse déguisée en paysanne. Son habit de gros de Tours galonné en or était du plus grand luxe et devait coûter le double du plus bel habit de ville. Ses bracelets, semblables à son collier, complétaient la plus riche parure. Elle avait la taille d'une nymphe, et la mode des mantelets n'ayant pas encore pénétré au village, je voyais la plus belle gorge qu'il soit possible d'imaginer, quoique son habit fût boutonné jusqu'au cou.

Le bas du jupon, richement galonné, ne descendait qu'à la cheville, ce qui me laissait voir le pied le plus mignon et le bas de la jambe la plus fine. Sa démarche juste, sans aucune gêne, tous ses mouvements libres, naturels et gracieux, enfin un regard charmant qui semblait me dire. « Je suis bien contente que vous me trouviez jolie » ; tout faisait circuler le désir du bonheur dans mes sens.

Je ne pouvais concevoir comment une fille aussi ravissante avait pu être quinze jours à Venise sans trouver quelqu'un qui l'épousât ou qui la trompât.

Ce qui enfin contribuait beaucoup à mon

ravissement, c'était son jargon et sa naïveté que l'habitude de la ville me faisait taxer de bêtise.

Absorbé dans mes réflexions et décidé à rendre à ses charmes un éclatant hommage à ma manière, j'attendais avec impatience la fin de la messe.

Quand nous eûmes déjeûné, j'eus la plus grande peine du monde à faire comprendre au curé que ma place dans la voiture était la dernière ; mais j'en eus moins en arrivant à Trévise de le persuader qu'il devait rester à dîner et à souper dans une auberge peu fréquentée, vu que je me chargeais de la dépense. Il accepta dès que je lui eus dit qu'après le souper, il y aurait une voiture de prête qui le conduirait en une heure à Procida avec le plus beau clair de lune. Il n'était pressé que par la nécessité absolue de chanter la messe le lendemain à son église.

Descendus à l'auberge, après avoir fait faire bon feu et ordonné bon dîner, je pensai que le curé lui-même pourrait m'aller mettre le diamant en gage, ce qui me procurerait quelques instants de tête-à-tête avec sa nièce. Je lui fais la proposition, lui disant que, ne voulant pas être connu, je ne voulais pas y aller moi-même, et il accepte avec empressement, charmé de pouvoir faire quelque chose qui me fût agréable.

Il part, et me voilà seul avec la ravissante Christine. Je passai une heure avec elle sans chercher à lui donner un seul baiser, quoique j'en mourusse d'envie, mais préparant son cœur aux désirs dont j'étais enflammé par tous ces propos qui montent si facilement l'imagination d'une jeune fille.

Le curé revint et me remit la bague, en me disant que je ne pourrais la mettre en gage que le surlendemain, à cause de la solennité de la fête de la Vierge, qu'il avait parlé au caissier du mont-de-piété et qu'il lui avait dit qu'on me donnerait le double si je le voulais.

— Monsieur le curé, lui dis-je, vous me rendriez service en revenant de Procida pour la mettre en gage vous-même, car après avoir été présenté par vous, s'il l'était par un autre cela pourrait faire naître des soupçons. Je vous paierai la voiture.

— Je vous promets de revenir.

J'espérais bien qu'il ramènerait sa nièce.

Placé en face de Christine pendant le dîner, je lui découvrais à chaque instant quelque nouvel attrait ; mais, craignant de perdre sa confiance si je me procurais dans la journée quelque faveur insignifiante, je résolus de ne rien brusquer, et de faire en sorte que le bon curé la ramenât à Venise. Là, seulement, je pourrais, d'après mes vues, faire naître l'amour et lui fournir l'aliment qui lui convient.

— Monsieur le curé, dis-je, je vous conseille de ramener votre nièce à Venise. Je me charge de toute la dépense et je vous procurerai une personne vertueuse chez laquelle Mlle Christine sera aussi sûrement que sous les yeux de sa mère. J'ai besoin de la bien connaître pour pouvoir l'épouser; mais la chose sera immanquable.

— Monsieur, j'irai conduire moi-même ma chère nièce dès que vous m'aurez informé que vous avez trouvé la maison où je pourrai la laisser avec sûreté.

Pendant que nous discourions, je lorgnais Christine et je la voyais sourire de satisfaction.

— Ma chère Christine, lui dis-je, dans huit jours tout au plus la chose sera arrangée. Pendant ce temps, je vous écrirai; j'espère que vous me répondrez.

— Mon oncle vous répondra pour moi, car je n'ai jamais voulu apprendre à écrire.

— Eh! ma chère enfant, comment voulez-vous devenir la femme d'un Vénitien sans savoir écrire?

— Il n'y a pas une jeune fille chez nous qui le sache; n'est-ce pas mon oncle?

— C'est vrai; mais aucune ne pense à se marier à Venise, car on se moquerait de vous si vous ne le saviez pas. Cela vous attriste; j'en suis bien fâché.

* * *

Quand nous eûmes dîné, je dis au curé qu'au lieu de partir après souper, il ferait fort bien de se reposer la nuit et de ne partir qu'une heure avant le jour; qu'il arriverait assez à temps pour ses fonctions et qu'il serait plus frais. Le soir, je renouvelai ma proposition, et comme il vit que sa nièce avait sommeil, il se laissa facilement persuader.

J'appelai l'hôtesse pour ordonner une voiture, et comme je lui disais de me faire du feu dans la chambre voisine et de m'y préparer à coucher, le saint curé me dit que ce n'était pas nécessaire, puisqu'il y avait deux grands lits dans la chambre où nous étions, et que l'un serait pour moi et l'autre pour sa nièce et pour lui.

— Nous ne nous déshabillerons pas, ajouta-t-il, mais vous pourrez vous déshabiller en toute liberté ; car, ne partant pas avec nous, vous pourrez rester au lit tant qu'il vous plaira.

— Oh ! dit Christine, il faut que je me déshabille, car sans cela je ne pourrais pas dormir; mais je ne vous ferai pas attendre, car il ne me faut qu'un quart d'heure pour me préparer.

Je ne disais rien, mais je ne pouvais revenir de ma surprise. Christine, charmante et faite pour faire prévariquer Zénocrate, couchait nue avec son oncle le curé, vieux, il est vrai, très dévot, et éloigné de tout ce qui aurait pu rendre cette disposition hasardeuse ; enfin, tout ce qu'on voudra ; mais le curé était homme, il devait l'avoir été tout comme un autre et savoir qu'il s'exposait au danger. Ma raison toute charnelle trouvait cela inouï. La chose néanmoins était innocente, et si innocente que non seulement il ne s'en cachait pas, mais encore qu'il ne supposait pas la possibilité qu'on ne la trouvât pas telle. Je voyais tout cela, mais je n'y étais pas fait et je n'en revenais pas. En avançant en âge et en expérience, j'ai vu cet usage établi en bien des pays chez les bonnes gens dont il n'altérait aucunement les bonnes mœurs; mais, je le répète, c'est parmi les bonnes gens, et je n'ai pas la prétention d'être du nombre.

Nous avions fait maigre à dîner, et mon palais délicat avait été peu satisfait. Je descends à la cuisine et je dis à l'hôtesse que je voulais ce que le marché de Trévise offrait de meilleur et surtout du vin excellent.

— Si vous ne regardez pas à la dépense, monsieur, laissez faire; vous aurez lieu d'être content. Vous aurez du vin de Gatta.

— Bien, et faites-nous souper de bonne heure.

Je remonte et je trouve Christine caressant les joues de son vieil oncle âgé de soixante-quinze ans. Le bonhomme riait.

— Savez-vous de quoi il s'agit? me dit-il. Ma nièce me cajole pour que je la laisse ici jusqu'à mon retour. Elle me dit que ce matin vous avez passé l'heure que je vous ai laissé seul avec elle comme un frère avec sa sœur, et je le crois. Mais elle ne songe pas qu'elle vous incommoderait.

— Non, au contraire ; soyez sûr qu'elle me fera plaisir, car je la trouve aimable au possible. Et pour ce qui regarde mon devoir et le sien, je crois que vous pouvez vous reposer sur nous.

— Je n'en doute pas. Je vous la laisse donc jusqu'après-demain. Vous me verrez de retour de bonne heure pour aller faire votre affaire.

Cet arrangement si surprenant et si inattendu me fit monter le sang à la tête, et j'eus un saignement de nez qui dura plus d'un quart d'heure. De ma part, je ne craignais rien ; j'étais fait à ces accidents, mais le curé était dans les transes, car il craignait une hémorragie.

Dès qu'il fut rassuré, il nous quitta pour quelque affaire, nous disant qu'il reviendrait à l'entrée de la nuit. Je me vis seul avec l'aimable et naïve Christine, et je m'empressai de la remercier de la confiance qu'elle avait en moi.

— Je vous assure, me dit-elle, qu'il me tarde bien que vous me connaissiez tout à fait; vous verrez que je n'ai pas les défauts qui vous ont tant déplu dans les demoiselles que vous avez connues à Venise; et puis je vous promets d'apprendre de suite à bien écrire.

— Vous êtes adorable et pleine de bonne foi; mais il faut être discrète à Procida et ne dire à personne que vous avez fait un accord avec moi. Vous vous réglerez comme votre oncle vous dira, car ce sera à lui que j'écrirai tout.

— Vous pouvez compter sur ma discrétion, et ma mère même n'en saura rien que quand vous me permettrez de le lui dire.

Je passai ainsi la journée! me refusant les moindres libertés, mais devenant de plus en plus amoureux de cette charmante fille. Je lui contais de petites histoires galantes que je gazais de manière à l'intéresser sans l'effaroucher; et je voyais que, quoiqu'elle ne comprît pas toujours, elle affectait de comprendre, ne voulant pas paraître ignorante.

Quand son oncle revint, je formais dans ma tête les arrangements à prendre pour l'épouser.

Nous nous mîmes à table, et notre souper fut exquis. Je dus enseigner à Christine à manger des huîtres et des truffes qu'elle voyait devant elle pour la première fois. Le vin de Gatta est comme le champagne; il égaye et ne grise pas; mais il ne se conserve que d'une récolte à l'autre. Nous nous couchâmes avant minuit, et je ne me réveillai qu'au grand jour. Le curé était parti si doucement que je ne l'avais pas entendu.

Je me tourne du côté de l'autre lit, et je n'y vois que Christine qui dormait, je lui dis bonjour, elle s'éveille, se reconnaît, et, s'appuyant sur son coude, elle sourit.

— Mon oncle est parti; je ne l'ai pas entendu.

— Ma chère amie, tu es belle comme un ange; je meurs d'envie d'aller te donner un baiser.

— Si tu as cette envie, mon cher ami, viens me le donner.

Je saute du lit; la décence la fait reculer; il faisait froid, j'étais amoureux, et me voilà dans ses bras par un de ces mouvements spontanés que le sentiment seul amène, et nous sommes l'un à l'autre sans avoir pensé à nous livrer, elle heureuse et un peu confuse, moi radieux et pourtant étonné d'une victoire que j'avais obtenue sans combat.

Après une heure de tendres oublis, redevenus un peu calmes, nous nous regardions avec tendresse, mais sans nous rien dire.

Christine fut la première à rompre le silence :

— Qu'avons-nous fait? me dit-elle de l'air le plus tendre et du ton le plus doux.

— Nous nous sommes mariés.

— Que dira demain mon oncle?

— Il ne le saura que quand il nous aura

donné la bénédiction nuptiale à l'église de sa paroisse.

— Et quand nous la donnera-t il?

— Quand nous aurons fait tous les préparatifs convenables pour un mariage public.

— Combien faut-il de temps pour cela?

— Un mois à peu près.

— On ne peut pas se marier en carême.

— J'en aurai la permission.

— Tu ne me trompes pas?

— Non, car je t'adore.

— Tu n'as donc plus besoin de me connaître?

— Non, car je te connais entièrement, et je suis sûr que tu feras mon bonheur.

— Et tu feras le mien?

— Je l'espère.

— Levons-nous et allons à la messe. Qui l'aurait cru que pour avoir un mari il ne fallait pas aller à Venise, mais en partir pour retourner chez moi?

Nous nous levâmes, et, après avoir déjeuné, nous allâmes à la messe. Le reste de la matinée se passa inaperçu jusqu'au dîner. Trouvant Christine différente de ce qu'elle était la veille, je lui en demandai la raison :

— Elle doit être, me dit-elle, la même qui vous rend pensif.

— Mon air pensif, ma chère, est celui que doit avoir l'amour heureux quand il est en conférence avec l'honneur. L'affaire est devenue très sérieuse et l'amour se voit obligé à réfléchir. Il s'agit de nous marier à l'église, et nous ne le pouvons pas avant le carême; puisque nous touchons aux derniers jours du carnaval; cependant nous ne pouvons pas attendre jusqu'à Pâques, car le temps nous paraîtrait trop long. Il nous faut une dispense juridique pour célébrer nos noces. N'ai-je pas bien sujet de penser?

Pour toute réponse, elle se lève et vient m'embrasser avec tendresse. Ce que je lui avais dit était vrai, mais je ne pouvais pas lui dire tout ce qui me rendait pensif. Je me voyais dans un engagement qui ne me déplaisait pas, mais j'aurais désiré qu'il ne fût pas si pressant. Je ne pouvais pas me dissimuler ce commencement de repentir qui serpentait dans mon âme amoureuse et bien intentionnée; et cela m'attristait.

Nous avions toute la soirée devant nous, et comme elle m'avait dit qu'elle n'avait jamais vu de comédie, je résolus de lui donner ce plaisir ce soir-là même. Après la comédie, je la conduisis au casino et, au retour, nous fîmes un léger repas, après lequel nous allâmes passer une nuit délicieuse, ayant soin de nous séparer au point du jour, pour que le bon curé ne nous trouvât pas ensemble. Il arriva de bonne heure et nous trouva profondément endormis chacun dans notre lit.

Il m'éveilla et je lui donnai la bague qu'il alla mettre en gage. Il revint deux heures après et nous trouva habillés, causant au coin du feu. Dès que Christine le vit, elle courut l'embrasser, et ce bon vieux prêtre s'écria que nous étions nés pour faire le bonheur l'un de l'autre.

Quand il fut question de nous séparer, je

lui promis d'aller les voir au commencement du carême, mais à condition qu'à mon arrivée, je ne trouverais personne informé ni de mon nom ni de nos affaires. Il me remit l'extrait de baptême de sa nièce et l'état de sa dot, et dès que je les eus vus partir, je repris le chemin de Venise, amoureux et déterminé à ne pas manquer de foi à cette charmante fille. Je savais qu'il me serait facile de convaincre mes trois vieux amis, MM. de Bragadin, Dandolo et Barbaro, mes protecteurs et mes hôtes, de l'excellence de mon mariage avec Christine.

***

Dès le lendemain, je me décidai à faire le bonheur de Christine, sans l'unir à moi.

J'avais eu l'idée de l'épouser quand je l'aimais plus que moi-même; mais, après la jouissance, la balance s'était tellement penchée de mon côté que mon amour-propre se trouva plus fort que mon amour.

Je ne pouvais me résoudre à renoncer aux

avantages, aux espérances que je croyais attachées à mon état d'indépendance. Malgré cela, j'étais esclave du sentiment. Abandonner cette fille naïve et innocente me paraissait une action si noire que je la sentais au-dessus de mes forces ; la seule idée m'en faisait frémir.

Je sentais qu'il était possible qu'elle portât dans son sein un gage de notre mutuel amour, et je frissonnais de la possibilité que sa confiance en moi fût payée par l'opprobre et par le malheur de toute sa vie. Je pensai à lui trouver un mari à tous égards préférable à moi ; un mari fait, non seulement pour qu'elle me pardonnât l'affront que je lui avais fait, mais pour qu'elle en vînt à chérir ma tromperie et à m'en aimer davantage.

Cette trouvaille ne pouvait pas être difficile, car outre que Christine était un modèle de beauté et qu'elle jouissait dans son village d'une réputation intacte, elle avait une dot de quatre mille ducats courants de Venise.

Enfermé avec mes trois amis, je dis à M. de Bragadin :

— Il s'agit d'obtenir du saint-père une permission de mariage en faveur d'une fille très honnête pour qu'elle puisse célébrer publiquement ses noces en carême dans l'église de son village. C'est une jeune paysanne. Voilà, lui dis-je, l'extrait de baptême. On ne connaît pas encore l'époux, mais cela ne fait rien, M. Dandolo s'en chargera bien.

— Repose-toi sur moi, me dit M. de Bragadin, j'écrirai dès demain à notre ambassadeur à Rome et je ferai en sorte de te donner satisfaction.

M. Dandolo me promit de chercher un mari jeune, beau, sage et citoyen capable de servir la République. Tout allait donc au gré de mes désirs, et je me mis à jouer pour tromper mon impatience.

La fortune me mit bientôt en possession de mille sequins. Je commençai d'abord par payer mes dettes. Ensuite, la dispense de Rome étant arrivée dix jours après la demande, je remis à M. de Bragadin cent écus romains qu'elle avait coûté. Cette dispense permettait à Christine de se marier dans toute église de la chrétienté; mais on devait y apposer le sceau de la chancellerie épiscopale diocésaine, qui dispenserait de la publication ordinaire des bans. Il ne me manquait donc plus qu'une bagatelle, l'époux. M. Dandolo m'en avait déjà proposé trois ou quatre que, pour bonnes raisons, je n'avais pas voulu admettre; mais enfin il m'en trouva un à souhait.

Devant retirer la bague du mont-de-piété et ne voulant pas paraître moi-même, j'écrivis au curé de se trouver à Trévise au jour et à l'heure que je lui indiquais. On sent que je ne fus pas surpris de le voir arriver accompagné de sa belle nièce. Se croyant sûre que je n'étais venu que pour arranger ce qui concernait notre mariage, elle ne se gêna pas; elle m'embrassa tendrement, et j'en fis de même. Dans cette douce étreinte, adieu l'héroïsme, si son oncle ne s'était pas trouvé là. Je mis entre les mains du curé la dispense du pape, et le beau visage de Christine fut à l'instant tout rayonnant de joie. Elle ne pouvait pas assurément se figurer que j'eusse travaillé si activement pour un autre que moi ; et n'étant encore sûr de rien, je ne voulus pas la désabuser dans ce moment-là. Je lui promis d'aller à Procida dans huit ou dix jours et qu'alors nous établirions tout. Après souper, je remis au curé la reconnaissance et l'argent pour aller retirer la bague du mont-de-piété, ensuite nous allâmes nous coucher. Pour cette fois, fort heureusement, il n'y avait qu'un seul lit dans la chambre, et je dus m'aller coucher dans une autre.

Le lendemain matin, j'entrai dans la chambre de Christine, que je trouvai encore au lit. Son oncle étant sorti pour aller chercher mon solitaire, et seul avec cette superbe fille, j'eus occasion de me découvrir de la retenue au besoin. La regardant comme ne devant plus m'appartenir, et devant disposer son cœur en faveur d'un autre, je l'embrassai tendrement, mais je fus sage. Je passai une heure avec elle, obligé comme saint Antoine de combattre contre la chair. Je voyais cette charmante fille amoureuse et surprise, et j'admirai sa vertu dans cette modestie naturelle qui ne lui permit pas de me faire des avances. Elle se leva, s'habilla et ne montra aucune humeur. Elle aurait été certainement mortifiée, s'il lui était venu dans l'esprit que j'eusse pu la mépriser ou méconnaître le prix de ses charmes.

Son oncle rentra, me remit le diamant, et nous dînâmes. Après avoir dîné, il me fit voir une petite merveille. Sa nièce avait appris à écrire et pour m'en donner une preuve, elle écrivit très poliment et très couramment sous sa dictée et en ma présence.

Nous nous séparâmes bientôt, après lui avoir réitéré ma promesse de revenir dans une dizaine de jours, et je retournai le soir à Venise. Le second dimanche de carême, M. Dandolo, en sortant du sermon, me dit d'un air triomphant que l'heureux époux était trouvé et qu'il était sûr qu'il aurait mon approbation. En disant cela, il me nomma Charles..., que je connaissais de vue. C'était un très beau jeune homme, ayant des mœurs et d'à peu près vingt-deux ans. Il était clerc de Ragionato et filleul du comte Algarotti, dont une sœur était mariée à un frère de M. Dandolo.

« Ce jeune homme, me dit M. Dandolo, n'a plus ni père ni mère, et je suis sûr que son parrain se rendra caution de la dot qu'une épouse lui apportera. Je l'ai sondé, et j'ai vu qu'il serait disposé à se marier avec une honnête fille qui lui apporterait de quoi acheter la charge qu'il occupe en qualité de clerc.

— C'est excellent, mais je ne puis rien décider que je ne l'aie entendu parler.

— Il viendra demain dîner avec nous. » Il vint effectivement, et je le trouvai très digne des éloges que m'en avait fait M. Dandolo. Nous devînmes amis. Il avait du goût pour la poésie; je lui montrai quelques-unes de mes productions, et, le jour suivant, ayant été le voir, il me communiqua quelques petits ouvrages que je trouvai bien faits. Il me présenta à sa tante, chez laquelle il demeurait avec sa sœur, et je fus ravi de leur amabilité et de l'accueil qu'elles me firent. Me trouvant seul avec lui dans sa chambre, je lui demandai comment il traitait l'amour. :

« Je ne m'en soucie pas, me dit-il, mais je cherche à me marier pour avoir un établissement indépendant. »

De retour au palais, je dis à M. Dandolo qu'il pouvait traiter d'affaires avec le comte Algarotti, et celui-ci en parla à Charles, qui répondit qu'il ne dirait ni oui ni non qu'après qu'il aurait vu sa future, qu'il lui aurait parlé et qu'il serait informé de tout ce qui la regardait. Du reste, le comte était prêt à répondre pour son filleul, c'est-à-dire à cautionner quatre mille écus à l'épouse, si sa dot les valait. Après ces préliminaires, mon tour vint.

Dandolo ayant dit à Charles que toute l'affaire était entre mes mains, celui-ci vint me trouver et me demanda quand je pourrais avoir la complaisance de lui faire connaître la jeune personne.

« Tel jour, lui dis-je, mais il faut sacrifier la journée tout entière, car la future est à vingt milles d'ici. Nous dînerons avec elle, et, le soir, nous reviendrons coucher à Venise. »

Il me promit d'être à mes ordres dès le point du jour et nous nous séparâmes.

Aussitôt j'envoyai un exprès au curé pour le prévenir du moment où j'arriverais chez lui avec un ami, et que nous dînerions tous trois avec sa nièce.

Au jour marqué, Charles fut ponctuel, et j'eus soin en route de lui dire que j'avais fait la connaissance de la jeune personne et de son oncle en allant à Mestre il y avait environ un mois, et que je me serais offert moi-même, si j'avais eu un état fait et de quoi lui assurer ses quatre mille ducats. Je ne crus pas devoir pousser mes confidences plus loin. Nous arrivâmes chez le bon curé deux heures avant midi, et un quart d'heure après Christine arriva d'un air libre, donnant le bonjour à son oncle et me disant qu'elle était bien aise de me voir arrivé. Elle ne fit à Charles qu'une révérence de la tête, me demandant s'il était clerc comme moi. Charles lui répondit qu'il était clerc de Ragionato. Elle fit semblant de comprendre, ne voulant point paraître ignorante.

« Je veux, me dit-elle, vous faire voir mon écriture, et après, s'il vous plaît, nous irons voir ma mère. »

Enchantée de l'éloge que Charles fit de son écriture quand il sut qu'il n'y avait qu'un mois qu'elle apprenait, elle nous invita à la suivre. Chemin faisant, Charles lui demanda, pourquoi elle avait attendu jusqu'à dix-neuf ans pour apprendre à écrire.

« D'abord, monsieur, qu'est-ce que ça

vous fait? Mais apprenez que je n'ai pas dix-neuf ans, car je n'en ai que dix-sept. »

Charles lui demanda excuse, tout en riant de son ton brusque.

*
* *

Elle était habillée en simple villageoise, mais très proprement et ayant à son cou et à ses bras ses superbes chaînes d'or. Je lui dis de nous donner les bras, et elle le fit en me donnant un coup d'œil de soumission. Nous trouvâmes sa mère qu'une douloureuse sciatique condamnait à rester au lit. Un homme de bonne mine, qui se trouvait assis à côté de la malade, se lève en nous voyant et va embrasser Charles. On me dit que ce monsieur était le médecin, et cette circonstance me fit plaisir.

Après les compliments de saison faits à cette bonne femme, le médecin demanda à Charles des nouvelles de sa sœur et de sa tante. Parlant de sa sœur qui avait une maladie secrète, Charles pria son ami de lui dire quelque chose à part et ils sortirent. Resté seul avec la mère et la fille qui était assise sur le lit de sa mère, je fis l'éloge de Charles, de sa bonne conduite, de ses mœurs, de son habileté, et je vantai le bonheur de la femme que le ciel lui donnerait pour épouse. Toutes deux confirmèrent mes louanges en disant qu'il portait sur sa figure tout le bien que j'en disais.

N'ayant point de temps à perdre, je dis à Christine, qu'à table, elle devait se tenir sur ses gardes parce qu'il était possible que ce fut là l'époux que le ciel lui avait destiné.

« A moi ?

— Oui, à vous. C'est un garçon unique; vous serez avec lui bien plus heureuse que vous ne le seriez avec moi, et puisque le médecin le connaît, vous saurez de lui tout ce que je n'ai pas le temps de vous dire maintenant. »

Qu'on se figure la peine que dut me faire cette déclaration *ex abrupto*, et ma surprise en voyant la jeune fille tranquille et point décontenancée! Ce phénomène arrêta les larmes que j'étais prêt à répandre. Après une minute de silence, elle me demanda si j'étais sûr que ce beau garçon voudrait d'elle. Cette question, en me faisant connaître l'état du cœur de Christine, me rassura et dissipa ma peine; car je vis que je ne la connaissais pas bien. Je lui dis que, telle qu'elle était, elle ne pouvait déplaire à personne.

« Ce sera à dîner, ma chère Christine, que mon ami vous étudiera et il ne tiendra qu'à vous de faire briller toutes les belles qualités que Dieu vous a données. Faites surtout qu'il ne puisse avoir aucun soupçon de notre intime amitié.

— C'est fort singulier. Mon oncle est-il informé de ce changement de scène?

— Non.

— Et si je lui plais, quand m'épousera-t-il?

— Dans huit à dix jours. J'aurai soin de tout. Vous me reverrez dans le courant de la semaine. »

Charles étant rentré avec le médecin, Christine quitta le lit de sa mère et prit un siège en face de nous. Elle soutint avec beaucoup de sens tous les propos que lui adressa Charles, excitant quelquefois à rire par des naïvetés, jamais par des bêtises. Charmante naïveté! enfant de l'esprit et de l'ignorance! tes grâces sont enchanteresses, et seule tu as le pouvoir de tout dire sans jamais offenser. Mais que tu es laide quand tu n'es pas naturelle! et tu es le chef-d'œuvre de l'art quand tu parviens à l'imitation parfaite. Nous dînâmes un peu tard, et j'observai de ne point parler et de ne point regarder Christine pour ne pas la distraire. Charles l'occupa continuellement, et je vis avec une vive satisfaction qu'elle lui tint tête avec aisance et intérêt. Après le dîner et près de nous séparer, elle lui dit ces mots qui me pénétrèrent :

« Vous êtes faite, lui dit Charles, pour faire le bonheur d'un prince.

— Je m'estimerai heureuse, répliqua-t-elle,

si vous me jugez digne de faire le vôtre. »

Ces mots mirent Charles tout en feu; il m'embrassa et nous partîmes.

Christine était simple, mais sa simplicité n'était point dans son esprit, elle n'était que dans son cœur. La simplicité de l'esprit est de la bêtise, celle du cœur n'est que de l'ignorance, de l'innocence : c'est une véritable vertu qui reste même après que la cause a cessé. Enfin, cette jeune fille, presque enfant de la nature, était simple dans ses manières, mais gracieuse par ces mille riens qu'on ne saurait décrire, elle était sincère, car elle ne savait pas que la dissimulation d'aucune impression soit un précepte des convenances; et, comme elle était pure d'intention, elle était étrangère à cette fausse honte, à cette fausse modestie qui forcent l'innocence affectée à rougir d'un mot ou d'un geste dit ou fait souvent sans aucune intention insidieuse.

Durant tout le voyage, Charles ne me

parla que de son bonheur : il était décidément amoureux.

« J'irai, me dit-il, trouver le comte Algarotti dès demain, et vous pouvez écrire au curé de venir avec toutes les pièces nécessaires pour passer le contrat, qu'il me tarde de signer. »

Il rit de bonheur et de surprise quand je lui dis que j'avais fait à sa future le cadeau d'une dispense du pape pour se marier en carême : « Il faut donc, dit-il, que nous menions l'affaire grand train. »

. . . .

Le lendemain du mariage, Charles vint me trouver, avec sa femme, et, me tendant la main :

— Monsieur, me dit-il, je suis heureux, et j'aime à vous devoir mon bonheur.

CASANOVA DE SEINGALT.

IV

LE MARI MÉDECIN

Il n'est pas chose nouvelle que, en la comté de Champagne, a toujours eu bon à recouvrer de foison de gens lourds en la taille, bien qu'il semblerait assez étrange à plusieurs, pourtant qu'ils sont si près voisins à ceux du pays de la malice.

Assez et largement d'histoires à ce propos pourrait-on mettre en avant confirmant la bêtise des Champenois; mais, quant au présent, celle qui s'ensuit pourra suffire.

En ladite comté naguère, il y avait un jeune fils orphelin qui, bien riche et puissant, demeura après le trépas de son père et sa mère; et bien qu'il fût lourd, très peu savant, et encore aussi mal plaisant, pourtant avait-il le talent de bien garder le sien et de conduire sa marchandise.

Et à cette cause beaucoup de gens, voire de gens de bien, lui eussent volontiers donné leur fille en mariage. Une, entre les autres, plut aux parents et amis de notre Champenois, tant pour sa bonté, beauté, chevance, etc; et lui dirent qu'il était temps qu'il se mariât, et que, bonnement, il ne pouvait conduire son fait :

— Vous avez aussi, dirent-ils, déjà vingt-quatre ans, si ne pourriez en meilleur âge prendre cet état; et, si vous y voulez entendre, nous avons regardé et choisi pour vous une belle fille et bonne qui nous semble bien votre fait. C'est une telle, vous la connaissez bien.

Lors la lui nommèrent.

Et notre homme, à qui peu importait qu'il fût marié ou autre chose, pourvu qu'il ne tirât point d'argent, répondit qu'il ferait ce qu'ils voudraient.

— Et puisque ce vous semble mon bien, conduisez la chose au mieux que vous savez, car je veux faire par votre conseil et ordonnance.

— Vous dites bien, dirent ces bonnes gens, nous regarderons et penserons pour vous comme pour nous-mêmes ou un de nos enfants.

Pour abréger, notre Champenois fut marié de par Dieu; mais sitôt la première nuit qu'il fut près de sa femme couché, lui, qui onques sur bête chrétienne n'avait monté, tantôt lui tourna le dos, après je ne sais combien de simples baisers qu'elle eut de lui, mais du surplus, nisquette!

Qui était mal contente? C'était notre épousée, bien qu'elle n'en fit nul semblant. Cette maudite manière dura plus de dix jours, et encore eût duré si la bonne mère à l'épousée n'y eût pourvu de remède.

Il ne vous faut pas celer que notre homme et neuf en façon et neuf en mariage, du temps de feu son père et sa mère avait été bien court tenu ; et surtout lui était défendu le métier de la bête à deux dos, doutant, s'il s'y ébattait, qu'il y dépenserait sa chevance. Et bien leur semblait, et à bonne cause, qu'il n'était pas homme qu'on dût aimer pour ses beaux yeux.

Lui, qui pour rien n'aurait courroucé père et mère et qui n'était pas trop chaud sur potage, avait toujours gardé son pucelage, que sa femme eût volontiers dérobé par bonne façon si elle eût su.

Un jour se trouva la mère à notre épousée devers sa fille, et lui demanda de son mari, de son état, de ses conditions, de son mariage, et cent mille choses que femmes savent dire. A toutes choses bailla et rendit notre épousée à sa mère fort bonne réponse, et dit que son mari était fort bon homme et qu'elle ne doutait point qu'elle ne se conduisît bien avec lui.

De ce fut notre mère bien joyeuse, et, parce qu'elle savait bien par elle-même qu'il faut en mariage autre chose que boire et manger, elle dit à sa fille :

— Or, viens çà et me dis par ta foi, et de ces choses de nuit, comment t'en est-il ?

Quand la pauvre fille ouït parler de ces choses de nuit, peu s'en fallut que le cœur ne lui faillît, tant fut marrie et déplaisante ; et ce que sa langue n'osait répondre, montrèrent ses yeux, dont saillaient larmes à très grande abondance.

Sa mère entendit bientôt ce que ces larmes voulaient dire, et dit :

— Ma fille, ne pleurez plus ; mais dites-moi hardiment, je suis votre mère, à qui ne devez rien celer, et de qui ne devez être honteuse. Vous a-t-il encore rien fait ?

A voix basse et de pleurs entremêlée, répondit la fille et dit :

— Par ma foi, ma mère, il ne me toucha

onques, mais, du surplus, qu'il ne soit bon homme et doux, par ma foi, il l'est.

— Or, dis-moi, dit la mère, sais-tu point s'il est fourni de tous ses membres ? Dis hardiment si tu le sais.

— Saint Jehan! Il l'est très bien, dit-elle. J'ai plusieurs fois senti ses denrées, d'aventure, ainsi que je me tourne et retourne en notre lit, quand je ne puis dormir.

— Il suffit, dit la mère; laisse-moi faire du surplus. Voici ce que tu feras :

« Demain au matin, il te convient feindre d'être malade très fort, et montrer semblant d'être tant oppressée qu'il semble que l'âme s'en parte. Ton mari me viendra ou mandera quérir, je n'en doute point, et je ferai si bien mon personnage que tu sauras tantôt comment tu fus gagnée, car je porterai ton urine à un tel médecin qui donnera tel conseil que je voudrai. »

*
* *

Comme il fut dit il fut fait, car lendemain,

sitôt qu'on vit du jour, notre gouge, auprès de son mari couchée, se commença à plaindre et faire si très bien la malade qu'il semblait qu'une fièvre continue lui rongeât corps et âme.

Notre ami, son mari, était bien ébahi et déplaisant; il ne savait que faire ni que dire! Il manda sa belle-mère, qui ne se fit guère attendre. Tantôt qu'il la vit :

— Hélas! belle-mère, votre fille se meurt.

— Ma fille, dit-elle; et que lui faut-il?

Lors, tout en parlant, marchèrent jusques en la chambre de la patiente. Sitôt que la mère vit sa fille, elle lui demanda comment elle fait, et elle, bien apprise, ne répondit pas à la première fois, mais enfin dit :

— Mère, je me meurs.

— Non faites, si Dieu plait, fille; prenez courage; mais d'où vous vient ce mal si à la hâte?

— Je ne sais, je ne sais, dit la fille. Vous me paraffolez à me faire parler.

Sa mère la prend par la main, et lui tâte

son pouls, et son corps, et son chef, et puis dit à son beau-fils :

— Par ma foi, croyez qu'elle est malade; elle est pleine de feu. Il faut pourvoir au remède. Ya-t-il point ici de son urine?

— Celle de la minuit y est, dit une des servantes.

— Baillez-la moi, dit-elle.

Quand elle eut cette urine, fit tant qu'elle eut un urinal et dedans la bouta, et dit à son beau-fils qu'il la portât montrer à un médecin pour savoir ce qu'on pourra faire à sa fille, et si on peut y aider.

— Pour Dieu! n'y épargnons rien, dit-elle; j'ai encore de l'argent que je n'aime pas tant que ma fille.

— Épargner! dit notre mari; croyez que si on lui peut aider pour argent, je ne lui faudrai pas?

— Or, vous, avancez, dit-elle, et tandis qu'elle se reposera un peu, je m'en irai jusqu'au ménage; toujours reviendrai-je bien, si on a métier de moi.

Or, devez savoir que notre bonne mère avait, le jour auparavant, au partir de sa fille, forgé le médecin qui était bien averti de la réponse qu'il devait faire.

Voici notre gueux qui arrive devers notre médecin avec l'urine de sa femme; et, quand il lui fait la révérence, il lui va conter comment sa femme était affligée, et merveilleusement malade.

— Et voici, dit-il, son urine que je vous apporte, afin que mieux vous informiez de son cas, et que plus sûrement me puissiez conseiller.

Le médecin prend l'urinal et le lève en l'air, et tourne et retourne en l'urine, et puis va dire :

— Votre femme est fort aggravée de chaude maladie et en danger de mort, si elle n'est prestement secourue. Voici son urine qui le montre.

— Ha! maitre, pour Dieu merci! veuillez me dire, et je vous paierai bien ce qu'on lui peut faire pour recouvrer santé, et s'il vous semble qu'elle n'ait garde de mort.

— Elle n'a garde, si vous lui faites ce que je vous dirai, dit le médecin; mais,si vous tardez guère, tout l'or du monde ne la garantira pas de la mort.

— Dites, pour Dieu, dit l'autre et on lui fera.

— Il faut, dit le médecin, qu'elle ait compagnie d'homme, ou elle est morte.

— Compagnie d'homme, dit l'autre, et qu'est-ce à dire cela!

— C'est-à-dire, dit le médecin, qu'il faut que vous montiez sur elle et que vous la contentiez très bien trois à quatre fois tout à hâte, et le plus que vous pourrez à ce premier faire sera le meilleur; autrement, ne sera point éteinte la grande ardeur qui la sèche tire à fin.

— Voire, dit-il, et serait-ce bon?

— Elle est morte et n'y a pas de ressource, dit le médecin, si ainsi ne le faites, voire et bientôt encore.

— Saint Jehan! dit l'autre, j'essaierai comment je pourrai faire.

Il se part de là et vient à son logis, et trouve sa femme qui se plaignait et se lamentait très fort.

— Comment va, dit-il, m'amie?

— Je me meurs, mon ami, dit-elle.

— Vous n'avez garde, si Dieu plaît, dit-il; j'ai parlé au médecin, qui m'a enseigné une médecine dont vous serez guérie.

Et, durant ces devises, il se dépouille et auprès de sa femme se boute; et, comme il approchait pour exécuter le conseil du médecin tout brusquement :

— Que faites-vous, dit-elle, me voulez-vous pas tuer?

— Mais je vous guérirai, dit-il, le médecin l'a dit.

Et ce dit, ainsi que nature lui montra, et à l'aide de la patience, il besogna très bien deux ou trois fois; et, comme il se reposait tout ébahi de ce qui lui était advenu, il demanda à sa femme comment elle se porte.

— Je suis un peu mieux, dit-elle, que par ci-devant n'ai été.

— Loué soit Dieu! dit-il; j'espère que vous n'avez garde et que le médecin aura dit vrai.

Alors recommence de plus belle.

Pour abréger, tant et si bien le fit, que sa femme revint en santé en peu de jours, dont il fut très joyeux; aussi le fut la mère, quand elle le sut.

Notre Champenois, après ces armes dessus dites, devint un peu plus gentil compagnon qu'il n'était par avant; et lui vint en courage, puisque sa femme restait en santé, qu'il inviterait à dîner un jour ses parents et amis, et le père et la mère d'elle, ce qu'il fit; et les servit grandement en son patois, à ce dîner, faisait très bonne et joyeuse chère.

On buvait à lui, il buvait aux autres : c'était merveille ce qu'il était gentil compagnon. Mais écoutez qu'il lui advint.

*
* *

Au plus fort du dîner, il commença très

fort et soudainement à pleurer, et semblait que tous ses amis, voire tout le monde, fussent morts, dont n'y eut celui de la table qui ne s'en donnât grande merveille dont ces soudaines larmes procédaient; les uns et les autres lui demandent ce qu'il a, mais à peine s'il pouvait ou savait répondre, tant le contraignaient ses folles larmes. Il parla au fort, en la fin, et dit :

— J'ai bien cause de pleurer.

— Et par ma foi, non avez, dit sa belle-mère : que vous faut-il? Vous êtes riche et puissant et bien logé, et aussi avez de bons amis; et, ce qui n'est pas à oublier, vous avez belle et bonne femme, que Dieu vous a remise en santé, qui naguère fut sur le bord de sa fosse; si m'est avis que vous devez être gai et joyeux.

— Hélas! non fais, dit-il; c'est, par moi, que mon père et ma mère qui tant m'aimaient, et m'ont assemblé et laissé tant de biens, ne sont morts tous deux que de chaude maladie; et si je les eusse aussi bien contentés quand ils furent malades, que j'ai fait ma femme, ils fussent maintenant sur pied.

Il n'y eut personne à la table, après ces mots, qui pût se tenir de rire, mais non doucement. Les tables furent ôtées, et chacun s'en alla, et le bon Champenois demeura avec sa femme, laquelle, afin qu'elle demeurât en santé, fut souvent de lui aimée.

PHILIPPE DE LAON.

V

LE CURÉ FESSÉ

Un jour j'étais aux noces vis-à-vis d'un curé, qui était près de la mariée, laquelle avait eu de l'usance qu'elle avait usée. Je lui donnai un croupion qu'elle voulut saucer ; et, ne trouvant rien en sa saucière, dit :

— Monsieur le curé, tremperai-je mon c.. en votre sauce?

— Trempez, ma mie, trempez.

Mais ce curé fut très bien trompé. Ce curé

était amoureux de cette fille, de laquelle il avait pratiqué le mariage, pourvu qu'après il fût reçu à faire avec elle choses et autres, selon l'intelligence délectable ; à quoi la fille s'accorda, et en avertit son mari, afin qu'il ne le trouvât point étrange, s'il n'y remédiait.

Sur cette promesse, le mariage fut fait ; et le mignon de curé s'attendait de faire goûter à la jeune femme de son fruit de caspendu.

Cas-pendu est le cas qui pend ; les pommes qui ont des pendants sont pommes de cas-pendu ; et telles sont les pendiloches naturelles des hommes.

Monsieur l'amoureux poursuivit son instance. La jeune mariée, qui, comme toutes nouvelles jeunes femmes sont, aimait son mari encore pour le bien et aise qu'elle avait eu d'avoir été accomplie, ne faisait guère d'état de messire Jean, principalement ayant eu l'argent qu'elle prétendait.

C'était autant de vinette cueillie.

Un jour qu'il la trouva, il lui dit :

— Sais-tu pas bien ce que tu m'as promis ?

— Et quoi ?

— De mettre un de mes membres dans un des tiens.

— Je le veux, monsieur le curé ; mettez donc votre nez en mon c.. ; ainsi, vous boucherez trois pertuis d'une cheville.

Les petits menus propos lui donnaient l'espérance que bientôt il l'émouverait toute vive ; par ainsi, il se rendait plus privé et importun : dont la jeune femme se voulut défaire, moyennant le complot pris avec son mari, qui fit semblant d'aller aux champs.

Par ainsi, monsieur le curé, qui allait et venait pour rencontrer la belle, eut assignation de venir au soir. Sur la brune venant, voici mon curé qui vint. Comme elle le vit :

— Hélas ! dit-elle, personne ne vous a-t-il vu ? et en suis toute tremblante.

— Ma mie, tout ira bien ; assurez-vous.

— Eh bien, monsieur, soyez le bienvenu. Tâtons au vin.

— Non, pas encore, Françoise, ma mie; tâtons à autre chose, avant.

— Vraiment, vous avez grand'hâte ; si votre fausset est fait, la pièce n'est pas percée. Attendez que nous soyons couchés ; vous aurez assez de quoi vous embesogner ; je vous baillerai un petit endroit, où il y a plus à travailler, qu'il n'y a à moudre en quatre setiers de blé. Soupons vitement ; puis, nous nous coucherons.

Cependant, il déroba quelques baisers, qu'il fureta tandis qu'elle apprêta tout. Ils se hâtèrent de souper ; puis elle dit :

— Là, couchons-nous ; c'est assez friponné sur la viande morte ; c'est trop languir.

— Jamais le mignon ne se trouva pas si aise. Il se jeta bientôt au lit ; et elle, presque toute nue, faisait mine d'aller éteindre la chandelle, et musait un peu ; et il lui disait :

— Françoise, venez tôt ; venez, qu'on vous serve.

Elle approche, comme pour se jeter au lit, n'ayant plus que sa chemise.

— Ho! dit-elle, je m'en vais ôter ma chemise ; mais aussi vous ôterez la vôtre ; je ne la pourrais souffrir.

Il l'ôte; puis, elle lui dit :

— Je vais éteindre la chandelle; tendez-moi la main pour vous trouver?

Elle faisait de l'interdite, semblant d'ôter sa chemise, une manche, puis l'autre.

— Foin des puces! bran, elles me mangeront.

Le drôle prenait plaisir, à la lueur de la chandelle, de voir ces mystères, qui avaient bonne grâce; mais voici bien du changement. Ainsi que déjà cette chemise passait par-dessus la tête, qu'il voyait un beau tableau, on heurta à la porte assez épouvantablement.

Lors, elle, comme surprise :

— Hélas! monsieur, où vous mettrez-vous? Je suis perdue.

De l'autre côté, on frappait disant :

— Ouvre-moi, Françoise; ouvre vitement; je suis mort; je te prie, ouvre vite!

Elle criait :

— Mon mari, je me lève en si grand'hâte, que je ne sais ce que je fais.

Cependant, elle aidait au curé à monter sur un appentis, où les poules nichaient. Cela fait, comme toute hors de soi, elle vint ouvrir la porte à son mari, et lui dit :

— Et où allez-vous si tard ? Il est belle heure de venir !

— Ha ! ma mie, excuse-moi ; je suis mort. Ne te fâche point ; tu ne me verras plus guère, je me meurs ; envoie quérir monsieur le curé, que je me confesse !

Il se tenait le ventre auprès du feu, comme s'il eût eu la colique, et faisait semblant parfois de s'évanouir. Il fait appeler des voisins à l'aide, qui s'assemblent à le réconforter, et le mettent sur un lit à terre. Mais il ne faisait plus que soupirer, et dire :

— Jamais, jamais.

— Hé, compère, prenez courage.

— Jamais.

— Ce ne sera rien : or sus, mon ami ; là, aidez-vous.

— Jamais.

— Il faut voir monsieur le curé.

— Jamais.

— Il vous dira quelque bonne parole.

— Jamais.

— Encore ne faut-il pas se laisser ainsi aller ?

— Jamais.

— Il semble que vous ne nous connaissiez point.

— Jamais.

— Voilà mon compère cetti-ci, mon cousin cetti-là, qui vous sont venus voir.

— Jamais.

Quand presque toute la paroisse fut assemblée, et que l'on lui va dire :

— Or çà, compère, debout ; allons au lit, vous y serez mieux. Eh bien, que vous faut-il ?

Adonc, jetant les yeux, et dressant la main vers le curé, il va dire :

— Jamais je ne vis un tel Jean avec mes poules.

Adonc, monsieur le curé de se trémousser ; et lors, les destinés à faire fouetterie lui aidèrent à descendre, et le cinglèrent à droite et à gauche, sans faire semblant de le connaître.

Quelle loi Canis !

— Là, là, disaient les femmes, fessez, fessez ; c'est le foulon. Tels sont les esprits familiers, incubes, succubes et fées, qui, en fantômes domestiques, trompent hommes et femmes. Flanquez-lui ces nerfs de bœuf autour des échines, tant que la peau lui parte !

Béroalde de Verville

VI

ANECDOTES PLAISANTES

ET MENUS PROPOS

SI UN COQ SUFFIT POUR QUINZE POULES

Une grande dame de Bourbonnais avait appris, par l'enseignement d'un personnage qui savait ce que c'était que vivre friandement, que les jeunes coqs sans être châtrés, pourvu qu'ils n'eussent point connaissance de poules, avaient la chair aussi tendre et plus naturelle que les chapons, et que ce qui faisait devenir les coqs aussi durs était l'amour des poules, comme font tous les mâles avec les femelles : car, sans point de faute, celui-ci parlait bien en homme expérimenté, qui disait que qui le moins en fait trompe son compagnon; que les apprentis en sont maîtres; que les plus grands ouvriers en vont aux potences; que les hommes en meurent, et que les femmes en vivent, et autres bons mots appartenant à la matière. Toutefois, je m'en rapporte à ce qui en est : ce que j'en dis n'est pas pour apaiser noise.

A propos de nos jeunes coqs, cette dame dont nous parlons les faisait garder à part des poules, pour servir à table au lieu de chapons : dont elle se trouvait bien. Un jour, la vint voir (comme sa maison était grande et principale) un grand seigneur, auquel elle fit tel et si honorable accueil qu'elle savait faire.

Elle lui voulut faire voir les singularités de sa maison une par une, entre lesquelles elle n'oublia point ses jeunes coqs, lui en faisant grande fête et lui promettant de lui en faire voir l'expérience à souper.

Ce seigneur prit cela pour une grande nouveauté, mais il eut pitié de ces pauvres jeunes coqs, lesquels il vit ainsi punis, à la rigueur, d'être privés du plus grand plaisir que Nature eût mis en ce monde; et il pensait en soi-même qu'il ferait œuvre de miséricorde de leur donner quelque secours. Ayant donc un instant quitté madame, il fit appeler un de ses gens, auquel il commanda secrètement que tout à l'heure il lui recouvrât trois ou quatre poules en vie, et qu'il ne faillît à les aller mettre dedans le poulailler où étaient ces jeunes coqs, sans faire bruit : ce qui fut incontinent fait.

Aussitôt que ces poules furent là-dedans, et mes jeunes coqs de se battre. Jamais ne fut telle guerre; comme l'un montait, l'autre descendait. Ces pauvres poules furent éreintées, car on dit que : Un seul coq suffit pour quinze poules, tandis que quinze hommes ne suffisent pas pour une seule femme.

Mais je crois que ce dernier est faux, car j'ai ouï dire à une dame qu'elle se contentait bien de trois fois la nuit : l'une à l'entrée du lit, l'autre entre deux sommes et la tierce au point du jour ; mais, s'il y en avait quelqu'une extraordinaire, qu'elle la prenait en patience. De moi, je dirais cette dame assez raisonnable, et qu'une fois n'est rien, deux font grand bien, trois c'est assez, quatre c'est trop, cinq est la mort d'un gentilhomme sinon qu'il fût affamé ; au-dessus, c'est affaire à charretiers.

Vrai est qu'il y avait un gentilhomme qui se vantait de la dix-septième fois pour une nuit : dont chacun qui l'oyait s'en émerveillait ; mais à la fin, quand il eut bien fait valoir son compte, il se déclara en disant qu'il y avait une faute qui valait quinze ; c'était bien rabattre.

Mais, qu'est-ce que je vous compte ? Pardonnez-moi, mesdames : ce ont été les cochets qui m'ont fait tomber en ces termes.

Par mon âme! c'est une si douce chose qu'on ne se peut tenir d'en parler.

BONAVENTURE DESPÉRIERS.

*
* *

LA PIÈCE DE VIN QUI FUIT

Un ministre avait une pièce de bon vin, qu'il gardait aux bonnes bouches.

Il advint qu'il en voulut avoir pour envoyer à un sien ami; et il descendit lui-même avec la chambrière, pour faire emplir la bouteille; mais il n'y avait pas d'ordre; il était trop bas.

Le ministre n'était point content que son vin fût diminué, sans s'être senti.

Comme il s'en tourmentait, la chambrière disait :

— Il faut qu'il s'en soit allé par quelque part.

Et elle faisait l'empêchée et regardait partout; puis, elle s'avisa de monter sur le tonneau, pour voir s'il n'y aurait point quelque fente derrière. Étant dessus, et se baissant la tête, voilà que ses robes se renversent sur son échine, chemise aussi; et son maître, qui tenait la chandelle, va voir la grande solution de continuité qu'elle avait entre les cuisses. Elle faisait si beau jeu, qu'on l'eût vue jusqu'à l'herbier.

— Allons, allons, dit-il, ôtez-vous de là; j'ai vu la fente par où mon vin a coulé.

Béroalde de Verville.

TABLE

Paris. — Soc. d'Imp. Paul Dupont (Cl.) 917.1.88.

www.ingramcontent.com/pod-product-compliance
Ingram Content Group UK Ltd.
Pitfield, Milton Keynes, MK11 3LW, UK
UKHW022049170726
13837UKWH00002B/853

9 782329 222431